捧 读

悦及身心的阅读

我希望

你是个懂诗的孩子

主编介绍

党勇

笔名西毒何殇，知名诗人，被誉为"80后最有实力的诗人"。

著有诗集《人全食》《绿祖国》等多部，已主编出版《中国先锋诗歌地图：陕西卷》，是《中国口语诗年鉴》的编委。诗歌被翻译成多国文字，入选国内外多部重要诗歌选本。曾获"英国济慈诗歌协会诗歌奖"。

本书外国篇的 50 首诗均由党勇翻译。

诗是最活泼的文学体裁，为尊重作者的创作风格，本书所选的诗在标点符号及行文断句方面以原诗为准，以求为读者提供原汁原味的阅读享受。

陪孩子读诗

★ ★ Poems for Kids ★ ★

党勇/主编

河北人民出版社
石家庄

图书在版编目（CIP）数据

陪孩子读诗 / 党勇主编. -- 石家庄：河北人民出版社，2020.2

ISBN 978-7-202-14383-4

Ⅰ．①陪… Ⅱ．①党… Ⅲ．①儿童诗歌－诗集－世界 Ⅳ．① I18

中国版本图书馆 CIP 数据核字 (2019) 第 272219 号

书　　名	陪孩子读诗	
著　　者	党　勇	
责任编辑	安　贝	
美术编辑	于艳红	
出版发行	河北人民出版社（石家庄市友谊北大街 330 号）	
印　　刷	天津丰富彩艺印刷有限公司	
开　　本	787 毫米 ×1092 毫米　1/16	
印　　张	12	
字　　数	13 000	
版　　次	2020 年 2 月第 1 版　2020 年 2 月第 1 次印刷	
书　　号	ISBN 978-7-202-14383-4	
定　　价	79.00 元	

目 录

第一部分
陪孩子读诗
外国卷

1

第二部分
陪孩子读诗
中国卷

5

第一部分

▼

陪孩子读诗

外国卷

那个少年迷路了

威廉·布莱克　「英国」

◇ ◇ ◇

父亲，父亲，你去哪儿了？
别走这么快啊。
说话，父亲，对你的孩子说说话，
不然我会迷路的。

夜幕低垂，父亲杳无踪迹，
露水让少年湿透了。
泥沼深陷，少年悲泣；
烟雾飘飞四散。

威廉·布莱克 ────────────────────────────────
英国第一位重要的浪漫主义诗人、版画家，英国文学史上最重要的伟大诗人之一。
──

积木城池

罗伯特·斯蒂文森 「英国」

◇ ◇ ◇

你能用积木搭建什么？
城堡和宫殿，教堂和码头。
让雨继续淋漓，让别人去闲逛，
而我待在家里愉快地建造。

把沙发当山，地毯当海，
我将为自己建立一座城池：
城边是教堂、磨坊和宫殿，
港口里停靠着我的舰船。

琼楼玉宇，雕梁画栋，
一座塔楼高耸入云，
整齐的台阶次第排列，
一直排到我船舶的避风港。

这一艘正要起航，那一艘已停泊：
且听甲板上的水手们在唱歌！
再看宫殿的长阶上，那些国王
正带着礼品和宝物熙来攘往！

我已经干完了，把它推倒吧！
整座城池在瞬间坍塌。
一块块积木七零八落，
就算离开我海边的城又怎样？

我见过它，又一次见它，
教堂和宫殿，舰船和居民，
只要我活着，无论去哪儿，
我将永远记得我海边的城。

罗伯特·斯蒂文森 ——————————————

英国苏格兰地区作家、诗人，作品题材繁多，构思精巧，其探险小说和惊险小说更是富于独创性和戏剧性力量。

点灯人

罗伯特·斯蒂文森　「英国」

◇ ◇ ◇

茶点即将备好，夕阳已然西沉；
此时可以在窗前看见李利经过；
每晚的茶点时分在你入座之前，
他都会带着灯笼和梯子来到街上。

汤姆想当司机，玛利亚要去大海，
我爸是个银行家，他很有钱；
可是，等我有能力选择自己干什么，
李利，我愿跟你去巡夜，把那些街灯点亮。

我们很幸运，门前有一盏灯，
李利点亮它，就像点亮更多的灯那样；
哦，在你匆匆带走灯笼和梯子之前，
李利，今晚请留意一个孩子，向他点点头！

被子乐园

罗伯特·斯蒂文森 「英国」

◇ ◇ ◇

生病时躺在床上，
在脑袋下面垫两个枕头，
把所有玩具都放在身边
能让我开心一整天。

有时我会花一个多小时
监督我的铅兵部队行动，
他们穿着不同制服训练，
在被褥环绕下，穿越群山。

有时我命令舰队所有船只
驶入床单的海洋乘风破浪；
或者把树和房子搬过来，
四处建起一座座城池。

我是个非凡而宁静的巨人
坐守在枕头山上，
守望着眼前的河谷和平原，
这个舒适惬意的被子乐园。

穿皮衣的熊

艾伦·亚历山大·米尔恩　「英国」

◇ ◇ ◇

如果我是一头熊，
　　一头大大的熊，
我就不用担心
　　冰天雪地；
我就不会在意
　　雪冷冰寒——
我会穿着和他一样的
　　毛皮大衣！

我会有翻毛靴子和棕毛围脖，
还有棕皮短裤和大皮帽子。
用毛皮领子包住下巴，
给棕色大爪子带上棕皮手套。
脑袋下枕着棕毛绒毯子，
在毛皮大床上睡过整个寒冬。

艾伦·亚历山大·米尔恩 ————————

英国著名剧作家、小说家、童话作家和儿童诗人。

011

新潮

艾伦·亚历山大·米尔恩 「英国」

◇ ◇ ◇

狮子有条很好看的尾巴，
大象也有，鲸鱼也有，
鳄鱼也有，鹌鹑也有——
除我之外，他们都有。

要是我有六分钱，我就买一条；
我会跟店员说："给我来一条。"
我还跟大象说："这是我的那一条。"
他们都会过来围成一圈看。

然后我对狮子说："哎呦，你有尾巴！
大象有，鲸鱼也有！
看哪！就连鳄鱼，都有一条！
你们都跟我一样长了尾巴！"

山上风

艾伦·亚历山大·米尔恩　「英国」

◇ ◇ ◇

没人告诉我，
也没人知道，
风从哪里来，
要到哪里去。

风从来处来，
要多快飞多快，
我无法跟上，
跑都来不及。

如果我停下来
放开风筝线，
风筝就会远走高飞
日夜兼程。

当我找到它后，
无论它飞到哪儿，
我就知道，
风也去过那里。

那么我能告诉他们
风去了哪里……
可是无人告诉我
风从哪里来。

自由街区

雅克·普列维尔　「法国」

◇ ◇ ◇

我把军帽关进鸟笼

头顶着小鸟出了家门

怎么回事

你们不敬礼了吗？

司令员问

不了

我们再也不敬礼了

小鸟应声回答

原来是这样

对不起啊，我以为还敬礼呢

司令员说

没关系，是人都会犯错

小鸟说

雅克·普列维尔

最受法国人民喜爱的伟大诗人之一，他用现代口语写诗，语言朴素流畅，对法国现代诗歌语言成功地进行了革新。

致迎风舞动的孩子

威廉·巴特勒·叶芝　「爱尔兰」

尽管在岸边起舞；

何必在意

狂风还是骇浪？

解开头发

任凭浪花溅湿；

你年纪尚小

不懂傻瓜也能赢

但赢得爱就是失去，

你也没见过麦垛还未捆好

最好的农夫已经死去。

如此又何须惊惧

狂风怒吼？

威廉·巴特勒·叶芝

爱尔兰诗人、剧作家和散文家，著名的神秘主义者，是爱尔兰文艺复兴运动的领袖。
其一生的诗作是英语诗从传统到现代过渡的缩影。

男孩之歌

詹姆斯·霍格　「英国」

◇ ◇ ◇

哪里的水塘深沉清澈，
哪里的灰鳟鱼潜入梦乡，
沿着河流上游越过牧场，
那就是我和比利要去的地方。

哪里的画眉鸟新歌嘹亮，
哪里的山楂花芬芳怒放，
哪里的雏鸟啼鸣四散，
那就是我和比利前往的方向。

哪里的麦客收割颗粒不剩，
哪里的干草垛厚密又清新，
跟着回家的蜜蜂循路而行，
那就是我和比利要走的小径。

詹姆斯·霍格 ————————————

家境贫寒，靠牧羊为生，只受过六个月的正式教育。但他自学成才，成为英国苏格兰地区著名的诗人及小说家。

牧场

罗伯特·弗罗斯特　「美国」

◇ ◇ ◇

我去清理牧场的水泉
只是把落叶捞采干净
（可能要等到泉水澄清）
用不了太久——你也来吧。

我还要去把小牛犊
从母牛身边带来，它还太小
妈妈舔一下就跌跌撞撞。
用不了太久——你也来吧。

罗伯特·弗罗斯特 ————————————————
20 世纪最受欢迎的美国诗人，当过鞋匠、教师和农场主，曾 4 次
赢得普利策奖和许多荣誉，被誉为"美国文学中的桂冠诗人"。

遨翔自得

沃尔特·惠特曼　「美国」

◇ ◇ ◇

从不愿和爱唱歌的小鸟无谓比较，

只渴望在浩瀚的天空上自在逍遥。

曾被雄鹰和沙鸥震撼的灵魂，

岂能为金丝雀和鹦鹉所动心。

我厌恶用甜腻的歌喉作百啭千声，

我要去充盈自由、欢快、活力和勇气的蓝天展翅遨游。

沃尔特·惠特曼 ————————————————

19世纪美国著名诗人，人文主义者，创造了诗歌的自由体，

其代表作品是《草叶集》，被誉为"美国诗歌之父"。

西瓜

查尔斯·西米奇 「美国」

◇ ◇ ◇

绿色的佛
在水果摊上。
我们吃掉笑容
吐出牙齿。

查尔斯·西米奇 ————
20 世纪著名诗人，出生于南斯拉夫，后移民美
国，普利策诗歌奖得主，第 15 届美国桂冠诗人。

自动催眠曲

弗朗兹·赖特 「美国」

◇◇◇

想一只绵羊
织一件毛衣；
想想你的日子
越来越好。

想想你的猫
在树上睡着；
想想你爬树时
曾把膝盖蹭破。

想一只鸟
站在你手心；
回想一下
诗篇第 21 节。

想一匹粉红大马

向南飞奔；

想一只苍蝇，

再紧闭嘴唇。

如果你渴了

就喝你的水。

鸟会一直啼鸣

直到他们苏醒。

弗朗兹·赖特 ——————————————————————————

美国诗人，普利策诗歌奖得主，他的父亲是同样得过该奖的詹姆斯·赖特。除赖特父子外，再没有任何父母或子女都获得过普利策诗歌奖。

种子的旅程

格雷戈里·柯索 「美国」

它们一旦上路
无论走到哪儿
都有绿树成荫
松鼠遗失一粒
生出坚果万颗

刺果黏附兽皮
花粉随风散播
还有一些种子
面包就是终程

格雷戈里·柯索

美国垮掉派优秀诗人，与凯鲁亚克、金斯伯格等作家齐名的垮掉派
文学运动开创者。他凭借天赋，自学成才，最终达到艺术的顶峰。

苍蝇

瓦尔特·德拉·梅尔　「英国」

◇　◇　◇

对于小苍蝇来说
再小的东西都比天大！——
玫瑰花蕾像羽绒大床，
它的尖刺像利刃长矛；

一滴露珠像镜子，
一根发丝像金线；
就连小小的芥菜籽
也像熊熊燃烧的火炭；

一块面包，是一座大山；
一只黄蜂，是一头恶豹；
瞅见几颗亮晶晶的盐粒
就像牧羊人看见了羊羔。

格瓦尔特·德拉·梅尔 ——————————

英国浪漫主义诗人、小说家，他的诗作精致细腻，技巧娴熟，

简而不陋，奇而不怪，兼有叙事、描写和戏剧表现之美。

美人鱼的手提袋

泰德·休斯 「英国」

泰德·休斯
生于英国约克郡，毕业于剑桥大学，与菲利普·拉金一起被公认为第二次世界大战后英国最重要的两位诗人。

美人鱼的悲鸣
使大海沸腾。

她打开手提袋
想取出阿司匹林——
令人震惊!
里面出来一头
黑鳍大鲨鱼
嘶喊道:"这里有
呲着大嘴笑容闪亮的
护士和主刀大夫哟!"

立竿见影
头疼和头一起消失
她也不会更难受了

护身符

泰德·休斯 「英国」

◇ ◇ ◇

在狼的獠牙里，石楠遍山。

在石楠山里，有狼的毛皮。

在狼皮里，是颓败的森林。

在颓败森林里，有狼爪子。

在狼爪子里，是陡峭的地平线。

在陡峭的地平线里，有狼的舌头。

在狼的舌头里，母鹿淌泪。

在母鹿的泪里，是冰封的沼泽。

在冰封的沼泽里，狼血汹涌。

在狼血里，风雪交加。

在风雪交加里，狼眼明灭可见。

在狼眼里，有北极星映照。

在北极星里，狼的獠牙闪烁。

黑豆豆

萨拉·基尔施 「德国」

◇ ◇ ◇

下午我捡起一本书

下午我把书扔下

下午突然想起战争

下午我忘记每一场战争

下午我磨咖啡

下午我把磨碎的咖啡

还原成耀眼的

黑豆豆

下午我解衣换裳

梳洗打扮

浅吟低唱，缄口不言

萨拉·基尔施 ————————————————

德国当代著名女诗人，生于图林根州的林姆灵格若得地

区，后学习生物和文学，获得德国最高文学奖毕希纳奖。

木乃伊

尼康诺·帕拉 「智利」

◇ ◇ ◇

一个木乃伊冒雪上路
另一个木乃伊溜冰前行
又一个木乃伊途径沙漠。

一个木乃伊穿过草地
另一个木乃伊携手同行。

一个木乃伊在打电话
另一个木乃伊照着镜子。

一个木乃伊扣响左轮。

全体木乃伊交换了位置
几乎所有木乃伊都全身而退。

一小点木乃伊围桌而坐
几个木乃伊敬上香烟
有一个木乃伊似乎翩翩起舞。

一个比别人都年长的木乃伊
把婴儿搂在怀里。

尼康诺·帕拉 ───
智利著名诗人，物理学家，拉丁美洲最重要的诗人之一，"反诗歌"的创始人。

水草

D.H. 劳伦斯　「英国」

海草飘摇，摇起旋流，
仿佛飘摇才是它的静态。
即使冲撞狰狞的岩石
也能安然无恙，像影子拂过。

D. H. 劳伦斯 ————

生于英国诺丁汉郡，20 世纪英国小说家、批评家、
诗人、画家，一生写下了大量小说、戏剧、诗和散文。

希雷亚·贝洛克 ————————

英国作家，写过诗、小说、游记、传记、文学
评论等。在他众多的作品中，儿童诗占重要地位。

拂晓

希雷亚·贝洛克　「英国」

一手牵着月亮，一手拉着黎明：
月亮是我妹妹，黎明是我弟弟。
我的左边是月亮，右边是黎明。
弟弟，早上好！妹妹，晚安！

回答一个孩子的问题

塞缪尔·泰勒·柯尔律治 「英国」

◇ ◇ ◇

你知道鸟在说什么吗？文雀，鸽子，
红雀和画眉都在说："我爱，我爱！"
寒冬腊月，鸦默雀静——北风呼啸；
风说什么，我不知晓，但它引吭高歌。

待花红柳绿，风和日丽之时，
歌声和爱情——万象更新。
百灵鸟欣喜雀跃，充满爱意，
在绿野和蓝天之间展翅飞舞，
放声歌唱，余音缭绕不绝——
"君心似我心，双双比翼翎！"

塞缪尔·泰勒·柯尔律治 ————

18 世纪英国浪漫主义诗人、文艺批评家、湖畔派代表，曾在剑桥大学求学。

我们是七个

威廉·华兹华斯 「英国」

◇ ◇ ◇

一个天真的孩子，
　　呼吸轻快欢畅，
生命充盈全身，
　　怎知何为离世？

我遇见一个农家小姑娘：
　　她说自己八岁；
浓密的卷发凌乱地
　　紧紧缠绕在头上。

她有纯朴的乡野气息，
　　穿着不修边幅；
明眸善睐，流光溢彩；
　　——她美得让我欣慰。

"小姑娘，请问你有
　　几个兄弟姐妹呀？"
"几个？总共七个，"她说，
　　疑惑不解看着我。

"请你告诉我，他们在哪儿？"
　　她回答："七个人里，
有两个住在康威，
　　两个出海远航。

"另外两个躺在墓地里的，
　　是我的哥哥和姐姐；
我和妈妈住在墓地旁边，
　　挨着他们的小屋里。"

"你说有两个住在康威，

　另两个出海远航，

你们怎有七个！——你说说

　好姑娘，这是什么情况？"

小姑娘这样回答我：

　"我们男孩女孩总共七个；

有两个躺在墓地里，

　就在墓地的树荫下。"

"小姑娘，你活蹦乱跳，

　身手矫健；

如果有两个已经躺进墓地，

　你们就只剩下五个。"

"青冢新绿，近在眼前，"
　小姑娘说道，
"距母亲门前只十二步多点，
　他们俩携手并肩。

"我经常在那儿织长袜
　给手帕锁边；
我还会席地坐在那里，
　给他们唱歌听。

"先生，太阳落山后，
　要是天气好，余晖犹存，
我常端着小汤碗，
　到那儿吃晚饭。

"头一个离世的是姐姐简；
　她躺在床上呻吟不止，
上帝解脱了她的痛苦，
　她一去不复还。

"青草干枯的时候
　　她躺进了墓地。
哥哥约翰和我一起
　　绕着她的墓穴玩游戏。

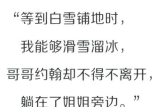

"等到白雪铺地时，
　　我能够滑雪溜冰，
哥哥约翰却不得不离开，
　　躺在了姐姐旁边。"

"当他们两个去了天堂，"
　　我问，"那你们还剩几个？"
小姑娘脱口而出：
　　"我们是七个，先生！"

"可他们离世了，两个都走了！
　　他们的灵魂去了天堂！"
我说再多也是徒劳；
　　小姑娘依旧坚持，
　　"不，我们就是七个。"

威廉·华兹华斯 ——————————————

英国浪漫主义诗人，桂冠诗人，其诗歌理论推动了英国诗歌的革新和浪漫
主义文学运动的发展，是文艺复兴运动以来最重要的英语诗人之一。

调皮捣蛋的玛蒂达

简·泰勒 「英国」

噢，一个顽劣的陋习
会破坏所有的愉悦和美好！
玛蒂达虽然活泼可爱
却有个陋习难改。
就像蓝天上的乌云，
遮蔽了她良好的品行。

有时候她会掀开壶盖，
偷看里面是什么，
在你转身的顷刻间，
她就把茶壶打翻。
就算你再叮嘱也无济于事，
她反而会越发起劲。

有一天奶奶出门时，
疏忽大意，
把眼镜和绚丽的鼻烟壶
落到小丫头旁边。
"太好了！"她想，"趁着
奶奶不在家，我可得尽情耍。"

她迫不及待把大眼镜
架在鼻梁上；
环顾四周，果不其然，
她又找出了鼻烟壶。
"啊哈，这盒子也太好看了！
我要打开它。"小丫头嚷着说。

"我知道奶奶肯定会说，
乖宝，不要乱动它"；
可是现在她出门走远了，
身边又没有其他人；
再说，只是打开盒子看看
又会出什么错呢？

她的手指一起使劲
扭动封紧的盖子，
并以迅雷不及掩耳之势
猛然把盖子揭开，
一下子，哎呀，完蛋了！
鼻烟扑了她满满一脸。

眼睛、鼻子、下巴和嘴
可怜的小丫头狼狈不堪；
鼻烟强烈的冲劲儿，

让她心底懊悔不已。
上蹿下跳想缓解却徒劳无益，
除了打喷嚏一筹莫展。

她要擦拭刺痛的眼睛，
就把眼镜扔到一边，
却被摔得支离破碎，
正在这时奶奶回来了；
"嘿！这是什么情况？"
奶奶横眉怒视大声责问。

玛蒂达脸上火辣辣地疼，
嗓子眼儿也痛痒难忍，
只得信誓旦旦地保证
从今往后再也不捣蛋了；
我听说自那以后，
她信守承诺，从未食言。

简·泰勒

生于伦敦，18 世纪英国浪漫主义女诗人和小说家，一生中
写了许多从未发表过的散文、戏剧、故事、诗歌和信件。

变奏

本杰明·富兰克林　「美国」

◇ ◇ ◇

只因少了一颗钉子，就掉了一个马掌；

因为掉了马掌，就瘸了一匹战马；

因为马腿瘸了，就断送了一个骑手；

因为骑手殉难，就丢了一份情报；

因为情报丢失，就少了一支军队；

因为军队没到，就败了一次战役；

因为战役失败，就输了一场战争；

因为战争打输，就亡了一个国家；

而所有这一切，只因少了一颗钉子。

本杰明·富兰克林 ————————————

美国开国三杰之一，出生于美国波士顿，具有
科学家、政治家、文学家、哲学家等多重身份。

谁最爱

乔伊・艾莉森　「美国」

◇◇◇

“我爱你，妈妈，”小约翰说道，
然后，他忘记干活，戴着帽子，
去了花园荡秋千，
留下妈妈独自捡木柴。

“我爱你，妈妈，”罗斯内尔说道，
“比用语言能说出的爱还要多。”
老半天她不是捉弄人就是噘嘴生气，
直到她出去玩妈妈才心旷神怡。

乔伊・艾莉森

美国女作家，本名玛丽・A. 克拉金。

"我爱你，妈妈，"小范说道，
"今天我会尽力帮助您；
不用去上学真让人开心！"
然后摇晃着小宝贝直到它睡着。

蹑手蹑脚，去把扫帚拿来，
扫干净地板，又去房间里擦灰尘，
她开心地忙乎了一整天，
当孩子最有益最愉悦的莫过于此。

"我爱你，妈妈，"三个孩子又说一次，
在他们上床睡觉的时候；
你猜妈妈会认为谁，
才是最爱她的那一个？

谁杀害了知更鸟?

英国童谣

◇ ◇ ◇

谁杀害了知更鸟?

我，麻雀说，

我用弓和箭，

杀了知更鸟。

是谁看见他丧生?

我，苍蝇说，

我的小眼睛，

亲见他丧生。

谁取走了他的血?

我，鱼儿说，

用我的小碟子，

取走了他的血。

谁要为他做寿衣?

我，甲虫说，

用我的针和线，

给他做寿衣。

谁要为他掘坟墓?

我，猫头鹰说，

用我的锄和铲，

给他掘坟墓。

谁要当牧师?

我，乌鸦说，

用我的小书本，

给他当牧师。

谁要当执事？
我，百灵鸟说，
如果不在黑暗中，
我来当执事。

谁要持火把？
我，红雀说，
马上就去拿，
我来持火把。

谁要当主祭？
我，鸽子说，
悼念我的爱，
我来当主祭。

谁要抬灵柩？
我，雕鸢说，
若不走夜路，
我来抬灵柩。

谁来扶棺罩？
我们，鹪鹩说，
我们两夫妻，
一起扶棺罩。

谁要唱圣歌？
我，画眉说，
当他葬入灌木丛，
我唱响圣歌。

谁要敲丧钟？
我，公牛说，
因为我能拉犁，
我来敲响丧钟。

那么，知更鸟，永别了。
空中所有的鸟，
全都哀叹悲啼，
当他们听见丧钟，
为可怜的知更鸟长鸣。

通知：相关人等，
有一则启事传达，
下次飞禽法庭，
麻雀要受审判。

文学自传

弗兰克·奥哈拉 「美国」

◇ ◇ ◇

当我还是个孩子
躲在校园的
角落里孑然一身
谁也不理。

我讨厌玩具
厌恶游戏，动物
不友好，就连鸟
也都飞走了。

如果有人找我
我就躲在大树后面
吼叫："我是
一个孤儿。"

而如今，我在这里
在所有美的中心！
写了这些诗
你想一下！

弗兰克·奥哈拉 ————
美国最著名的纽约派诗人，曾在哈佛大学攻读英
文，其诗采用口语及开放的结构，即兴、反理性。

雷 雨

马林·索列斯库　「罗马尼亚」

院子里
闪电在为母鸡
充电

马林·索列斯库 ————————
罗马尼亚著名诗人、剧作家，他获得过一系列
国际文学奖，曾被提名诺贝尔文学奖。他对罗
马尼亚诗歌的发展，起到承前启后的重大作用。

星星

伊迪特·伊蕾内·索德格朗　「芬兰」

◇◇◇

夜晚来临时
我站在台阶上聆听，
星星簇拥在院子里
我站在黑暗中。
听，一颗星星坠地作响！
不要光着脚到草地上去，
我的院子里撒满了星星的碎片。

伊迪特·伊蕾内·索德格朗 ———

芬兰著名的瑞典语女诗人，北欧最早的现代主义
作家，也是北欧文学史上最伟大的女作家之一。

因为

扬尼斯·里索斯　「希腊」

因为公共汽车停在栏杆前
因为洋娃娃在亮灯的橱窗里招手
因为少女骑着单车流连在杂货铺门外
因为木匠打碎了大啤酒馆的玻璃门
因为孩子拿着偷来的铅笔独自待在电梯间

因为狗被遗弃在海滨别墅里

因为生锈的擦菜板已被荨麻覆盖

因为天空像鲑鱼一样苍白

因为山冈上的那匹马比星星更孤独

因为这些和那些全都被捕获

因为这一点，仅仅是因为这一点，我向你撒了谎。

扬尼斯·里索斯

20 世纪希腊著名诗人、希腊现代诗歌的创始人之一，多次被提名为诺贝尔文学奖候选人。其诗作的独特之处是采用"戏剧性独白"的形式。

孩子

斯泰因·斯泰纳尔　「冰岛」

◇ ◇ ◇

我是个孩子
在海边玩耍。
两个黑衣人
经过
向我问候：
早安，小孩，
早安！

我是个孩子
在海边玩耍。
两个浅色头发的姑娘
经过
轻声细语：
过来，小伙子，
过来！

我是个孩子
在海边玩耍。
另一个欢笑的孩子
经过
大声叫喊：
晚安，老爷子，
晚安！

斯泰因·斯泰纳尔 ————————————————————

20 世纪冰岛最重要的诗人、北欧现代主义诗歌的创始人之一。他一只
手残疾，靠自学成才，以写作为生，是冰岛文坛的"一代宗师"。

不要带着所有答案向我走来

奥拉夫·豪格　「挪威」

奥拉夫·豪格 ———————————————————————————

挪威当代著名诗人，他的诗被翻译成了多种语言，在欧美国家具有较大的影响。

不要带着所有答案向我走来。
如果我口渴，别把海洋带来，
如果我要光，别把天空带来；
只要带来一些启发，少许露珠，一粒尘埃，
就像鸟儿从水里只带走几滴水，
就像风仅仅带走一粒盐。

世界末日之歌

切斯瓦夫·米沃什　「波兰」

◇ ◇ ◇

世界终结的那天，
蜜蜂绕着紫云英飞旋，
渔夫修补闪光的网。
快乐的海豚在海里欢跃，
小麻雀在出水口嬉闹，
蛇皮肤金黄，一如既往。

在世界终结的那天，
女人打着伞走过旷野，
醉鬼在草地边酣然入睡，
菜贩子沿街叫卖，
黄帆船驶近岛屿，
小提琴声缭绕不绝，
奏响星光璀璨的夜空。

那些期待电闪雷鸣的人失望了。

那些盼望天启和神使号角的人

此刻不再相信那些真会发生。

只要太阳和月亮还在天穹，

只要大黄蜂仍旧光临玫瑰，

只要粉嘟嘟的婴儿依然降生，

就没有人相信那些会发生。

只有一位白发老人，他可能要当先知，

但现在还不是，因为他太忙了，

一边绑着番茄苗，一边喋喋不休：

这世界不会有另一种结局。

这世界不会有另一种结局。

切斯瓦夫·米沃什 —————————

美籍波兰诗人、散文家，生于立陶宛，诺贝尔文学奖获
得者，被布罗茨基誉为"我们时代最伟大的诗人之一"。

你不热爱的日子都不是你的

费尔南多·佩索阿 「葡萄牙」

你不热爱的日子都不是你的：
你只度过它罢了。无论什么样的生活，
只要你不热爱，你就没有生活。
你不用去爱，饮酒或者强颜欢笑。
倘若你真的开心，只要有阳光
照在小水池里，就够了。
幸福的人，把他们的快乐
寄托在平凡的小东西里，永远不会剥夺
这属于日常的，与生俱来的财富。

费尔南多·佩索阿
葡萄牙诗人、作家，象征主义的代表人物。

石头时代

埃里希·傅立特 「奥地利」

植物时代

随之而来是动物时代

随之而来是人类时代

随之而来是石头时代

谁听到石头说话

谁就知道

只有石头将经久留存

谁听到人类说话

谁就知道

只有石头将旷日持久

埃里希·傅立特

奥地利著名诗人，生于维也纳一个犹太家庭，
曾获德语文学最高奖毕希纳奖等多项文学奖。

069

疑问集（节选）

巴勃罗·聂鲁达　「智利」

1

为什么巨大的飞机不带
它们的子女一起飞？

哪一种黄鸟的巢穴里
堆满了柠檬？

为什么他们不训练直升机
从阳光里汲取蜂蜜？

今夜的圆月把它的
白面粉袋放在了哪里？

2

如果我离世了却不自知
我该向谁打听时间？

法国的春天
从哪儿找来的那些树叶？

总被蜜蜂侵扰
盲人该到哪里安居？

如果所有鸡蛋黄都用光了
我们拿什么做面包？

14

面对石榴汁
红宝石说了什么？

星期四为何不让自己
在星期五之后再来？

蓝色降生时
是谁欢喜雀跃？

紫罗兰出现时
大地为何忧伤？

63

将他们的语言
翻译成鸟语会怎样？

我该如何告诉乌龟
我的动作比它还迟缓？

我该如何向跳蚤
索取它卓越的战功簿？

或如何告诉康乃馨
我感谢她们的芬芳？

巴勃罗·聂鲁达

智利诗人、诺贝尔文学奖获得者，13 岁开始发表诗作，马尔克斯曾盛赞："巴勃罗·聂鲁达是 20 世纪最伟大的诗人之一。"

坐火车

埃利希·克斯特纳　「德国」

◇ ◇ ◇

我们同坐一列火车，

穿越时间去旅行。

我们往外看，已经看够了。

我们同坐一列火车。

没人知道，路有多远。

邻座一个睡觉，一个发牢骚，

还有一个喋喋不休。

不住通报站名。

列车跨过时代朝前跑，

目的地永远达不到。

我们打开行李，又拾掇起来。

找不到任何意义。

明天我们会到哪里？

列车员朝门里瞅，

脸上堆满了笑。

他也不知道，他要去哪里。

他悄无声息走出去。列车鸣笛！

火车减速，停车靠站。

去世的人下车。

一个小孩下了车，母亲痛哭流涕。

逝者无声无息

留在驶过的站台上。

列车继续行驶，它在时间里追赶。

可没有人知道，这是为什么。

头等舱快空了，

只有一个胖男人气喘吁吁。

坐在红丝绒座位上志得意满。

他孑然一身，开始觉得不自在。

大多数人都坐硬座。

我们在同一列火车上旅行

从现在驶向未来。

我们往外看，已经看够了。

我们同坐一列火车，

许多人进错了车厢。

埃利希·克斯特纳 ————————————————

德国作家、诗人、编剧，他的作品包括诗歌、儿童读物等，曾获得过汉斯·克
里斯蒂安·安徒生奖。

巧克力

路易斯·辛普森 「美国」

◇ ◇ ◇

有一回，几个人拜访契诃夫。
他们赞美他的天才，
大师局促不安。随后
他问，"你们喜欢巧克力吗？"

他们心里惊异，不敢说话。
他再一次问了这个问题，
于是一位女士鼓起勇气
才羞赧地低声说，"喜欢。"

"告诉我"，他探身向前，
眼镜后面熠熠生辉，

"是哪一种？浅色的甜巧克力，
还是带苦味的黑巧克力？"

谈话立刻变得随意起来。
他们聊起了核桃仁，
聊到杏仁和巴西核桃。
他们不再克制自己
唇枪舌剑抢着说话。
因为大伙儿未必晓得
如何探讨巴尔干政治
或男人女人之类的郁闷问题，

路易斯·辛普森

生于牙买加，美国当代著名诗人、批评家，曾获得过普利策诗歌奖等多种国际文学奖。

但是对椰子干的味道，
每个人都有明确的看法。
临了有人说起酒心巧克力，
每个人，包括《万尼亚舅舅》的作者，
都面面相觑，无言以对。

他们起身离开时，他站在门口
和他们一一握手道别。
在回彼得堡的路上，
他们一致认为，这简直是一次
不同凡响的谈话。

数疯子

唐纳德·贾斯蒂斯 「美国」

◇ ◇ ◇

这一个被夹克套着，
这一个被遣送回家，
这一个有面包和肉
又不肯吃。
哭喊着不不不不
从早到晚。

这一个望着窗
以为是墙，
这一个看到乌有的，
这一个看到现有的，
哭喊着不不不不
从早到晚。

这一个觉得自己是只鸟，

这一个是狗，

这一个觉得自己是个人，

一个普通人，

哭天喊地不不不不

从早到晚。

唐纳德·贾斯蒂斯

美国20世纪重要的诗人和诗歌教育家，影响了美国一大批诗人的创作。

他安静，我也是

穆罕默德·达维希　「巴勒斯坦」

◇ ◇ ◇

他安静，

我也是。

他喝柠檬茶，

我喝咖啡。

（这是我们仅有的不同）

他和我一样穿着宽松的条纹衬衫，

我和他一样看着月刊。

我偷看他时，他没在看我；

他偷看我时，我没在看他。

他安静，

我也是。

他向侍者点了东西，

我向侍者点了东西。

一只黑猫从我们中间穿过，

我摸了摸它夜色的皮毛，

他摸了摸它夜色的皮毛。

我没对他说：天气不错，

天很蓝；

他没对我说：天气很好。

他是被看的，同时也看别人；

我是被看的，同时也看别人。

我挪左脚；

他挪右脚。

我哼了一首好听的歌；

他哼了一首好听的歌。

我想知道，他是不是我照见自己的镜子？
当我望向他的眼睛时，却看不见他。
我慌忙离开了咖啡馆，
我想，他或许是个杀手，
或许只是一个路过的人
也推测我是个杀手。

穆罕默德·达维希
巴勒斯坦国歌作者，著名诗人，其作品已被翻译为近三十
种语言畅销全球，是当今阿拉伯世界最伟大的诗人之一。

079

拿破仑

米洛斯拉夫·赫鲁伯　「捷克」

◇ ◇ ◇

同学们，拿破仑·波拿巴
是什么年代
出生的？老师问。

一千年前，同学们说。
一百年前，同学们说。
没人知道。

同学们，拿破仑·波拿巴
毕生
做过什么？老师问。

他打赢一场仗，同学们说。
他打输一场仗，同学们说。
没人知道。

080

屠夫曾养了一条狗，

弗兰克说，

名字就叫拿破仑，

屠夫经常打它，

那只狗

一年前

被饿死了。

现在所有的同学都觉得难过

为拿破仑。

米洛斯拉夫·赫鲁伯 ————————————

捷克著名诗人，他在诗歌领域和医学领域都获得过很高的成就。在西方，

他和阿米亥、赫伯特并称"20世纪后半叶最具影响力的诗人"。

发明

米洛斯拉夫·赫鲁伯 「捷克」

◇ ◇ ◇

穿大白袍子的能人纷纷站起来
趁着过节，历数各自的功劳
国王贝罗斯洗耳恭听。

啊，尊贵的陛下，第一个人说，我给龙椅发明了
一对翅膀。您将在天空施政布恩——
有人欢呼，有人喝彩，这个人应得到
丰厚的犒赏。

啊，尊贵的陛下，第二个人说，我制作了一条
自动飞龙。它能自动把敌人打败——
有人欢呼，有人喝彩，这个人应得到
丰厚的犒赏。

啊，尊贵的陛下，第三个人说，我创造了
恶梦驱逐器。再没有什么能搅扰您的美梦。
有人欢呼，有人喝彩，这个人应得到
丰厚的犒赏。

而只有第四个人说，今年焦头烂额
步履维艰，一事无成，做的每件事
都劳而无功。——骇人的沉默
连英明的国王贝罗斯也一言不发。

后来才知道第四个人
是阿基米德。

不惧风雨

宫泽贤治 「日本」

◇ ◇ ◇

不惧疾风

不惧骤雨

也不畏惧霜雪

和酷夏

一个健康的身体

别无所求

远离愤懑

总能笑对一切

日食糙米半升

味噌与蔬菜少许

不以物喜

不以己悲

洞悉世事

镌刻于心

安居原野松林

树荫下茅草屋中

东有孩子生病

亲手看护照顾

西有老母劳碌

亲力帮她背稻

南有性命垂危

亲身劝解安慰

北有争吵冲突

亲临劝阻化解

干旱时暗自流泪

冷夏时坐立不安

人都叫我傻瓜

不要掌声

不被怨恨

如此这般

我心所愿

宫泽贤治 ———————————————

日本诗人，童话作家。他生前籍籍无名，逝世后，成为日本家
喻户晓的国民作家，被称作是日本的"国民诗人"。

奇怪的事

金子美玲 「日本」

◇ ◇ ◇

我奇怪得不行，

乌云里落下的雨，

怎么会闪银光？

我奇怪得不行，

绿色的桑叶，

怎么喂出白色的蚕宝宝？

我奇怪得不行，

没人碰过的葫芦花，

怎么自己"啪"地就开了？

我奇怪得不行，

为啥问谁，谁都笑着回答

"那是当然的啦！"

金子美玲 ————————————————————

活跃于 20 世纪 20 年代的日本童谣诗人，26 岁就离

开人世。其作品出版后，震惊了整个日本文学界。

————————————————————

草的名字

金子美玲 「日本」

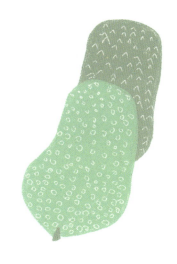

◇ ◇ ◇

别人知道的草的名字，我一点儿都不知道。

别人不知道的草的名字，我知道好多好多。

那都是我取的名字，

给我喜欢的草取我喜欢的名字。

别人知道的草的名字，

也不过是有人给取的吧。

草真正的名字，

只有天上的太阳才知道。

所以我取的名字，只有我在叫。

摇篮曲

耶胡达·阿米亥　「以色列」

睡吧，我的儿子，睡吧。
这歌不是一首歌，
这摇篮也不是一只摇篮。
我不在你身旁，
距离把我们拉开——
我在那儿你在这儿。睡吧，
儿子，睡吧。
我心里并没有
像雨后田野里
怒放的野花。
可我开口就有诗句，
为你催眠的诗句。

睡吧，我的儿子，睡吧。

橘子皮

将从你的梦里

还原

成一只橘子，儿子，

独臂大侠将重新找回

他的胳膊。睡吧。

睡吧，我的儿子，睡吧。

脱掉你所有的衣裳。

在寺庙里他们脱鞋子，

在大会堂他们戴帽子，

在教堂里他们换衣服

你脱掉那一切——

睡吧，我的儿子，睡吧。

耶胡达·阿米亥 ————————

生于德国，以色列当代最伟大的诗人，也是 20 世纪

最重要的诗人之一，多次获得国内国际文学大奖。

在海边

耶胡达·阿米亥 「以色列」

◇ ◇ ◇

在我眼里动物和植物，
的确都已经成熟了。
只有人永远不会长大。
大多数人都只能正经一小会儿
就像一个坐在理发椅上
照镜子的孩子。转瞬之间，
就会跑出去玩。

伊萨卡

康斯坦丁·卡瓦菲斯 「希腊」

◇◇◇

当你动身前往伊萨卡
期待这是一次远行，
充满冒险和探索。
拉斯忒吕戈涅斯巨人，独眼巨人，
愤怒的波塞冬——别怕他们：
你永远不会遇到这些，
只要你不忘初心，
只要渴求的冲动，
一直激荡你的身心。
拉斯忒吕戈涅斯巨人，独眼巨人，
野蛮的波塞冬——就不会遭遇
除非你自己将他们带进灵魂，
除非你的灵魂将他们树立在你面前。

期待你的航程漫长。

期待有许多个夏日的清晨，

充盈着喜悦与欢颜，

就像你第一次见到海港那般；

愿你在腓尼基人的贸易市场驻足

购买精美的物件，

珍珠母和珊瑚，琥珀和黑檀，

各式各样迷人的香水

尽情把你的行囊装满；

愿你去游历众多埃及城市

好问勤学，叩访先贤。

始终要把伊萨卡记在心间，

那里才是你此行的终点。

但不要行色匆匆着急赶路，

最好让旅程多持续几年，

等你上岛时已不再年轻，

带着一路所得腰缠万贯，

用不着伊萨卡发家致富。

伊萨卡给了你神奇的旅行，

没有她你不会扬帆起航。

她没有什么再能给你。

如果你发现她如此贫瘠，

伊萨卡可从未愚弄过你。

既然你已博学通慧，见多识广，

你不会不明白伊萨卡意味着什么。

康斯坦丁·卡瓦菲斯 ——————————————

希腊现代诗人，也是现代最伟大的诗人之一。其诗风简约，具有客观性、戏剧性和
教谕性的特点。

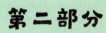

第二部分

陪孩子读诗

中国卷

春天的亲人

伊沙

每年春天
我都在花的现场问人
"这是什么花？"
"这是什么花？"
"这是什么花？"

然后　　　　　　我觉得
忘记　　　　　　我比那些知晓
然后在下一年　　所有花儿名字的
接着问人　　　　植物学家们
接着忘记　　　　更是春天的
以至于很多年　　亲人

伊沙 —————————————————————

当代诗人、小说家、翻译家，已出版作品一百余种。
多次获得国际、国内文学大奖，代表作《饿死诗人》。

收藏家

轩辕轼轲

我干的最得意的
一件事是
藏起了一个大海
直到海洋局的人
在门外疯狂地敲门
我还吹着口哨
吹着海风
在壁橱旁
用剪刀剪掉
多余的浪花

轩辕轼轲 ————
山东诗人，"70后"代表诗人。

老狗

茗芝

同学家里养了一只狗
活了 20 多年
身体挺健康的
但不知道为啥
带它去海边玩时
它突然冲到海里
没有再出来

茗芝 —————————————————

广东诗人，2007 年出生，已发表作品 300 余首。

宋壮壮
北京诗人，毕业于北京中医药大学，针灸科大夫。

102

脱发治疗经过

宋壮壮

◇ ◇ ◇

随手翻中药书

鲜松针二两

煎汤洗头可治脱发

我下班路上就揪了一些

回家熬汤洗头

春天万物苏醒

空气中有温暖的花香

我洗完头晾着

傍晚的风吹过

我慢慢长出

一头的松针

广场舞

游若昕

◇ ◇ ◇

一位小姐

和一位大叔吵架

大叔说

我一次能把十个人

叫来 踢踏踢踏

你听好了 踢踏踢踏

老实点 一大堆人

小姐大叫 也

了不起哟 踢踏踢踏

边说边跳起了 踢踏踢踏

广场舞 跳起了舞

游若昕

福建诗人，2006 年出生，6 岁开始诗歌写作。

恐惧

苇欢

一个女童

僵硬地站在商场门口

碎发乱飞

眼中带泪

我走过去

想问她出了什么事

抬起的手

还没触到她肩膀

就被一口喝住：

"别动我！有静电……"

苇欢 ——————

广东女诗人，翻译家，大学教师。

106

我学的语文有时没有用

姜馨贺

◇ ◇ ◇

在路过沙漠的

火车上

我加了一个

维吾尔族哥哥的微信

回到深圳互相问候

结果我不懂维文

他不懂汉文

语音也听不懂

就只好发表情

所有能用的表情

都从头用过一遍

现在

第二遍

又开始了

姜馨贺

2003 年生于深圳，已创作诗歌 800 余首，获得多种诗歌奖项。

107

台风

石薇拉

爸爸老是嫌弃

我太胖

台风来了

吹不走我

这回

他可以放心了

石薇拉 ————————
广西诗人，2004 年出生，2014 年开始学习写诗。

传家宝

姜二嫚

◇ ◇ ◇

妈妈从旧房子里

拿出一个手链

给我

我正想把它当个传家宝

传下去

就断了

姜二嫚

2007 年生于深圳，出版诗集《灯把黑夜烫了一个洞》等。

养龟世家

苏不归

主人累了

就搬一只龟来当凳子

砸钉子时

又搬来一只当钉锤

这些龟如此忍气吞声

当了几百年的传家宝

苏不归 ————————————

重庆人，出生于 20 世纪 80 年代，曾留学英国，现居上海，从事写作和翻译。

113

邻 居

西毒何殇

◇ ◇ ◇

楼下

别墅区

不见有人

只有两只八哥

互相问候

你好

你好

西毒何殇 ————————————
诗人，作家。现居西安，被誉为"80后一代最有实力的诗人"。

猫和老鼠

起子

◇ ◇ ◇

校园里野猫成灾
学校找人用捕猫器
把猫全抓了
又运到很远的地方放生
今天早上在校园里
果然遇到一只老鼠
大摇大摆
从我面前走过

起子

浙江人，"70后"重要代表诗人、画家。

117

宠物狗

黄海

◇ ◇ ◇

宠物狗

从城市流落乡间

他的大名从马克西姆·高尔基

被人叫成卷毛

黄海

生于湖北，现居西安。"70后"实力诗人，散文家，刊物主编。

驯养

艾蒿

◇ ◇ ◇

无人的马戏团
驯养员正和一只熊
跳着双人舞

艾蒿 ————————
生于陕西汉中，现居重庆，"80后"
优秀诗人。他的诗灵动，情感真挚。

119

聋子

左右

◇ ◇ ◇

声音有没有颜色如同黑暗

声音有没有味道如同酸涩

声音有没有梦想犹如三天光明

声音有没有冷暖

声音有没有最初的爱

声音在哪里出生的呢，请你告诉我

我想在我的耳朵里也怀孕一些声音

我想在我的意识里也制造一些声源

我想将自己出卖给一个懂得声音的精灵

请你告诉我，外面的世界是不是喧嚣的

昨夜地震了，我没听见妈妈最轻微地哭泣

我最想要的答案

我想做一个能听见声音的聋子

左右
生于陕西商洛，"80后"著名诗人、散文家、童话作家，出版诗集多种。

看见

朱剑

一个

小和尚

点燃

空地上

一只

大炮仗

掩着耳朵

飞快

跑开

朱剑 ————

生于湖南益阳，"70后"著名诗人，
历史研究学者，被誉为"短诗王"。

告慰张老师在天之灵

马非

◇ ◇ ◇

初中时代
我一而再
再而三地
在听写时
都没能写对的
那个字
现在会写了
我写给你看：

雨字头
左下是虫豸的豸
右下是里外的里
不但如此
我还会用它组词：
雾霾
还会用它造句
很多句

马非 ————————————————————————————

"70后"著名诗人，现居青海西宁，被誉为"高原口语之鹰"。

125

抓鱼

韩东

◇ ◇ ◇

夜里我们去抓鱼，
为抓鱼我们走夜路。
走夜路是想大家在一起。
这么好的晚上要是不在一起
我们就睡过去了。于是就去抓鱼。

我们抓住了，抓住了，
左一条，右一条，
像夜一样光滑，
像夜一样冰凉。
鱼在睡着的时候最好抓了。

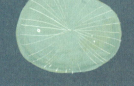

126

后来我们把鱼都放回去了，
就像把我们自己放进了这条沟。
把抓到的鱼放回去，
这样往回走的时候就轻松多了

韩东

著名诗人、作家，1961 年生于南京，"第三代诗歌"主要代表。"他们"诗群领袖。

生活依然是美好的

春树

◇ ◇ ◇

诗人皮埃尔开车送我们回酒店时

先放了一首他女儿唱的流行歌曲

又放了一首代表他审美的歌

那首歌不断地唱着"生活是美好的"

下车前，他兴高采烈地说："生活，是美好的！"

第二天午餐

他给我倒酒时

偷偷告诉我"其实我并不认为生活是美好的

昨晚我喝多了！嘻嘻嘻……"

他乐不可支的样子

像一头熊

偷吃了苹果

春树 ————————————————————————

"80 后"著名作家，诗人。曾登上美国《时代》周刊封面人物。

汽车动物园

秦巴子

◇ ◇ ◇

小区的草坪上

停满了汽车

在深夜里

我听到汽车反刍的声音

但我不知道它在咀嚼什么

而到了清晨

我听见汽车发出牛哞

发出马的嘶叫

甚至还有的发声如鸟鸣

有些时候

我隐约感觉到

它几乎要发出人声

秦巴子 ——————

陕西著名诗人，作家。1960 年
生于西安，现为职业作家。

129

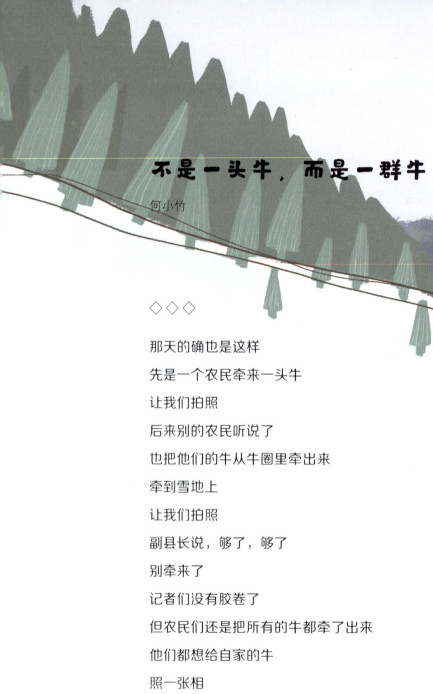

不是一头牛，而是一群牛

何小竹

◇ ◇ ◇

那天的确也是这样

先是一个农民牵来一头牛

让我们拍照

后来别的农民听说了

也把他们的牛从牛圈里牵出来

牵到雪地上

让我们拍照

副县长说，够了，够了

别牵来了

记者们没有胶卷了

但农民们还是把所有的牛都牵了出来

他们都想给自家的牛

照一张相

何小竹 ——————

诗人，作家。1963 年生于重庆，现居成都。

赫本是个好姑娘

蛮蛮

◇ ◇ ◇

我把手机里的图片放给姥姥看

奥黛丽·赫本在非洲

背上一个瘦如骷髅的男孩

把赫本的话念给姥姥听

要拥有苗条的身材

就要把食物分给饥饿的人

姥姥想了一下郑重其事地对我说

赫本是个好姑娘

但是你

给我好好吃饭

蛮蛮 ————

诗人，原名倪广慧。1990 年生于山东兰陵，毕业于西安外国语大学。

我们一家都生在河边
——为吾儿摩西百日而作

阿吾

134

孩子，这个傍晚

爸爸不能不想起你

一百天前

你出生在怀卡托河边

每当我想到这里

双眼像河流一样潮湿

你长大后会知道

我们一家都生在河边

爸爸的那条河叫长江

妈妈的那条河叫黄河

哥哥的那条河叫珠江

你的那条河就叫怀卡托

求神带领你

就像带领摩西

求神带领我们一家

就像带领每一条河流

孩子，有一天你会明白

我们一家为什么都生在河边

阿吾

当代著名诗人。1965 年生于重庆，毕业于北京大学。

味道

乌城

◇ ◇ ◇

我和唐妹烤蜻蜓，是蜡烛味的
我和唐妹烤蚂蚱，是蜡烛味的
因为我们是用蜡烛烤的

漫山遍野地抓蜻蜓
揪下它们的脑袋
当我从口袋里掏出一把蜻蜓头
我不知道它们是什么味道的

乌城
"70后"诗人。生于吉林，现居北京。

春天的风

盛兴

河北的草绿了

河南的草还枯黄着

是因为春天的风吹到了河北

还没有吹到河南

现在春天的风正穿过河面

朝河南吹去

因此河南的草

马上就要绿了

盛兴 ——————————

"70后"代表诗人。生于山东莱芜，中学时代开始写诗，获得多种诗歌奖。

八只小狗齐刷刷地睁着眼睛

面海

◇ ◇ ◇

八只小狗齐刷刷地睁着眼睛

我肯定它们是我今天见到的最好的事物

这时候走来一个人

他看了不到一分钟就买走一只

现在还有七只小狗　它们仍然齐刷刷地睁着眼睛

面海

民间诗人。1962 年生于甘肃，现居海南海口。

花莲之夜

沈浩波

寂静的

海风吹拂的夜晚

宽阔

无人的马路

一只蜗牛

缓慢地爬行

一辆摩托车开来

在它的呼啸中

仍能听到

嘎嘣

一声

沈浩波 —————————

著名诗人，诗歌出版人。1976 年生于江苏泰兴，现居北京。

松鼠

姚风

◇ ◇ ◇

爱荷华城有很多松鼠
它们并不怕人
在一个动物害怕人的地方
人肯定也充满了恐惧

它们总是翘着大尾巴
在树枝上跳跃
在草地里觅食
甚至不顾红绿灯横穿马路

沐浴着下午明媚的阳光
我坐在校园的草地上看书
一只松鼠跑过来，睁着
亮晶晶的黑眼睛，狐疑地看看我
然后飞快地跑掉了

它害怕了，莫非因为我是中国人

小松鼠冤枉我了！我并不是什么都吃的人

我可以是你的好朋友

我可以长出一根根树枝

甚至为你结出松果

姚风 ————

诗人，翻译家。1958 年生于北京，
移居澳门，现任教于澳门大学葡文系。

143

叛徒

江睿

◇ ◇ ◇

我去爸爸家玩儿
多玩了一天
回到家
妈妈说
你这个叛徒

144

我很委屈
你是叛徒妈
所以我们是一家

江睿
2008 年生于重庆，7 岁开始
诗歌创作，喜欢画画和溜冰。

145

三岁

维马丁

◇ ◇ ◇

昨晚的月亮又高又亮
我们给你过三周岁生日
星星不请自来，并为你而闪耀
你坐着吃掉了好多蛋糕

维马丁

奥地利诗人，翻译家。1966年生于维也纳，
能用多种语言写作。本诗为作者用中文所作。

升级

刘天雨

过去我养的小狗
叫匕首

现在我养的小狗
叫手枪

如果将来再养一只小狗
我就叫它原子弹

我说原子弹乖乖过来抱一下
它就果然乖乖地让我抱不但让我抱还用舌头舔我的脸

刘天雨
诗人。1983 年生于陕西榆林，职业是一名警察。

下雨

唐果

唐果

著名女诗人。生于四川，现居云南。

◇ ◇ ◇

雨竖着下　　　雨站着下
斜着下　　　　坐着下
横着下　　　　蹲着下
无计可施时　　假如它累了
它还可以倒着下　还可以睡着下

再见

二月蓝

◇ ◇ ◇

在水中

我无法呼吸

一条鱼游过来

对我

吐了几个泡泡

然后说

我只能帮你到

这里了

二月蓝

"60后"女诗人。现居重庆，已出版多部诗集。

查一查这个圣诞老人

李伟

◇ ◇ ◇

查一查这个圣诞老人

究竟是谁派他来的

属于什么组织

目的是什么

有没有前科

家住哪里

一定要仔细查

一个人背那么大的包

还精心化装

绝不只是表面上送糖果那么简单

李伟 ——————

诗人，画家。1964年出生，现任教于天津师范大学。

无地自容

张翼

同学们都吃完走了

就我和老师

最后的两口饭

真想不吃了

又怕老师说我浪费

嚼都没嚼就吞了下去

刚吃完

老师就在叫我

张翼

你脸上有颗饭

张翼 —————————————————

2009 年生于重庆，热爱诗歌写作。

一个悲惨的故事

吴雨伦

◇ ◇ ◇

一个小孩儿在海边堆出了颐和园，温莎堡，克里姆林宫，埃菲尔铁塔，
木乃伊的金字塔以及玛雅人砍人用的金字塔
海风吹拂着
在阳光下它们金碧辉煌

涨潮时，人类文明惨遭毁灭

吴雨伦 —————————
诗人。1995 年生于西安，毕业于北京师范大学，获得过多种诗歌奖。

在梦里

程碧

我是警察
奉命抓捕一个
十恶不赦的坏人
就在要抓住他的瞬间
窗外一只鸟叫醒了我

怎么都觉得是他的同伙

程碧

畅想书作家，出版人。已出版《林徽因传：人生从来都靠自己成全》《三毛传：你松开手，我便落入茫茫宇宙》。

寂寞

唐欣

雨夜无人的小酒馆　他给

好久不见的老同学　一气

背诵了自己的十几首诗

那老兄完全跟不上节奏

后来却经常跟人感叹

这家伙的记性太好了

唐欣 ————————

著名诗人，学者。1962 年生于陕西，
1984 年开始写诗，出版诗集多部。

衣服上的体温计

袁逸风

◇ ◇ ◇

今天的天气非常热

我穿了一件衣服

上面带有胶皮的数字

数字是 08

它的功能相当于一个体温计

天热的时候去摸它

会感到非常烫

天冷的时候去摸它

会感到凉

袁逸风 ————————————————

2010 年 3 月生于西安，其父亲袁源也是诗人。

在厦门

张进步

◇ ◇ ◇

天气热，雨水足
有茂盛的树木
结着多汁的水果
在厦门

出门看到大海
我天天出汗
本是一路追逐海的气息而来
没想到自己反倒先涌出了海水
在厦门

一到夜里
各种生面孔的昆虫
就会追逐我的北方气味
在厦门

它们给我重新定位
把我当成一枚
从北方运来的
鲜嫩多汁的肉果子
呼朋引伴——

"快来尝尝呀！
这家伙来自异乡
经过霜雪
味道不错……"

张进步
诗人、出版人。作品曾被译为英语、韩语等多
种语言，在美国、韩国，以及中国台湾出版。

权势

王紫伊

◇ ◇ ◇

一年级一个男生

老是欺负我

我忍无可忍

甩了他一耳光

因为我知道

他不敢去告老师

成绩没我好

老师不信任他

王紫伊 —————————

2007 年生于河南，长于苏州，2017 年开始写诗。

神奇的男人

李昪

进了小区
顺着鹅叫的方向走
我就住在
窗台养鹅
的那间
房子里

李昪 ───────────────
1982 年生于海南，现居海口，荣获 "中国 21 世纪 15 大城市诗人" 称号。

雁荡山之行

杨渡

◇ ◇ ◇

坐车两小时到达
在空气清新的林子里玩了几小时手机
再坐车两小时回来
他们满意地笑着说
春游真的好累

168

杨渡 ————————————
2001 年生于浙江，2009 年开始
文学创作，写作诗歌和小说。

阿煜 ————————————————————————————

诗人。1994 年生于甘肃，现居西安。其职业为书店店员。

为马铃薯写一首诗

阿煜

◇ ◇ ◇

据我所知
马铃薯通称土豆
我们那儿也叫洋芋
广东称之为薯仔
江浙一带称洋山芋
但那都不足以
让我为它写一首诗
直到这次去山东
听到最绝的叫法
一个难掩其土
颇具魅力的名字

——地蛋！

回礼

双子

◇ ◇ ◇

回家过中秋
一进小院儿
见地上躺着一个大丝瓜
问母亲哪来的

172

邻居家爬过来的

她边说边伸出手指

顺势看过去

在满院草木的掩护下

确有几根瓜藤

越过栅栏

潜入了我家

人同意咱摘了么

我一把捧起这个大家伙

什么同不同意的

母亲笑道

咱家石榴

不也长过去了么

双子 ————————————————
诗人，汽车设计师。1989 年生于北京。

歌唱家的一次空难

东森林

◇ ◇ ◇

在一个高音上
她失忆了
就一直在这个高音上
来回盘旋
指挥和台边演员
焦急地望着她
几次扔给她梯子和降落伞
她都没接着

东森林 ————————

诗人。江苏镇江人，1963 年生。

175

伤晨

庞华

◇ ◇ ◇

窗外的树

被使劲摇着

就像一个小孩子

被一个暴怒的大人

抓住双臂

发疯摇着

庞华 ————

江西南昌人，1970年生。诗人，评论家，书法家。

酒鬼的早餐

王有尾

◇ ◇ ◇

凌晨三点
走在踉跄的小区
我看见一只狗
夹着尾巴
嘴贴着地面
我把肉夹馍
扔给它
它却嗖的一下
跑了！

我骂了一句
"狗咬吕洞宾"
又弯腰捡起
那个肉夹馍
把它扔进垃圾箱
才想起那是
我为自己准备的
早餐

王有尾 ————————
诗人。1979年生于山东菏泽，现居西安。

猕猴桃

袁源

◇ ◇ ◇

有一次我去王健军办公室

看见他光秃秃的桌子上

摆着四个饱满的猕猴桃

我默默地咽了下口水

他默默地看着

我咽下了口水

好朋友就是这样

虽然他和我很熟

可猕猴桃还不熟

袁源 ———————————————————————

诗人。1984 年生于陕西宜川，毕业于西北大学中文系，现居西安。

致未来

侯马

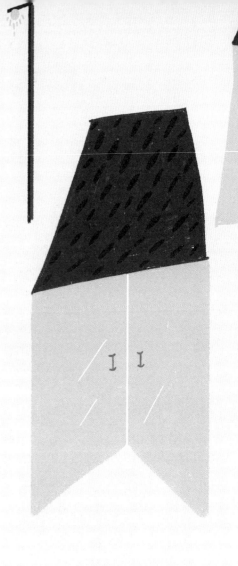

我把孩子
送进了寄宿学校
久久徘徊在童话般的宿舍楼前
心中一千个不放心
一万个恋恋不舍
孩子表面服从
心里是他还不会表达的无奈
临走前一次又一次拥抱
他站在床上两只小手搂着我的脖子
说：
我就是不知道在学校该干什么？
我眼泪差点掉下来
脱口说
孩子，记住
如果你想上厕所
就一定要去上厕所

侯马 ——————————————————

著名诗人。1967 年生于山西，曾就读于北京师范大学，

获过多项文学奖，出版诗集多部，现居北京。

innearth ® 出品

地球旅馆

捧读文化
触及身心的阅读

全国总经销

出 品 人　张进步　程　碧

特约编辑　孟令堃

装帧设计　 八月长子

插画绘制　八月长子

新浪微博　　　　　微信公众号

发　　行　谭　婧

法律顾问　天津益清（北京）律师事务所 王彦玲

出版投稿、合作交流，请发邮件至：innearth@foxmail.com

了解新书，图书邮购、团购、采购等，请联系发行电话：010-85805570